画给孩子的自然通识课

恐龙，主宰地球上亿年

童心　编绘

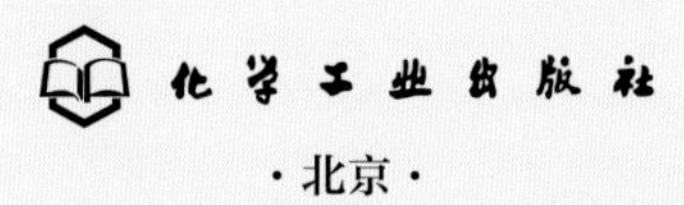

·北京·

图书在版编目（CIP）数据

恐龙，主宰地球上亿年 / 童心编绘 . —北京：化学工业出版社，2024.7

（画给孩子的自然通识课）

ISBN 978-7-122-45584-0

Ⅰ. ①恐… Ⅱ. ①童… Ⅲ. ①儿童故事－图画故事－中国－当代 Ⅳ. ① I287.8

中国国家版本馆 CIP 数据核字（2024）第 091178 号

KONGLONG，ZHUZAI DIQIU SHANGYINIAN

恐龙，主宰地球上亿年

责任编辑：隋权玲　　装帧设计：宁静静

责任校对：李露洁

出版发行：化学工业出版社（北京市东城区青年湖南街 13 号　邮政编码 100011）

印　　装：北京宝隆世纪印刷有限公司

880mm×1230mm　1/24　印张 2　字数 20 千字　2024 年 7 月北京第 1 版第 1 次印刷

购书咨询：010-64518888　　售后服务：010-64518899

网　　址：http://www.cip.com.cn

凡购买本书，如有缺损质量问题，本社销售中心负责调换。

定　　价：16.80 元

目录

一起认识恐龙吧

恐龙曾经是地球上最庞大、最引人瞩目的动物，它们无论走到哪里，都是当之无愧的“王者”，也是陆地上的主要霸主。人们了解到的恐龙知识大部分来自它们骨骼和牙齿的化石。

“恐龙”这个词还有一个特别的意思——“恐怖的蜥蜴”。实际上恐龙的样子在某些方面与蜥蜴相似，它还会像蜥蜴一样下蛋，而且有些种类的恐龙皮肤上有类似蜥蜴的鳞片特征。

恐龙的诞生

恐龙最早出现在大约2.3亿年前，在6500万年前灭绝。这段时间在地球的漫长历史中被称为中生代，也被称为“恐龙时代”。恐龙时代又分为三个纪，即三叠纪、侏罗纪、白垩纪。

❷ 侏罗纪时期，地球环境变得温暖潮湿，许多植物长得高大又茂盛。恐龙家族出现了许多新成员，陆地上除了庞大的吃植物的恐龙，还有行动迅速的喜欢吃肉的恐龙；天空则被翼龙控制，海洋中生活着鱼龙、蛇颈龙等恐龙时代的海洋生物。

❶ 三叠纪是恐龙时代的起点，此时地球气候干燥炎热，到处都是沙漠，只在水源附近有植物生存。一些原始的爬行动物通过复杂的演化过程，逐渐演化出了一些具有恐龙特征的生物，包括长颈龙、板龙、早期原角龙、异齿龙等。

❸ 到了白垩纪，开花植物逐渐繁盛，这个时期也是恐龙家族的鼎盛时期。大大小小的恐龙横行世界，尤其是鸭嘴龙、霸王龙，还出现了更为奇特、进化程度更高的甲龙和角龙。

❹ 白垩纪晚期，兴旺的恐龙家族经历了灭亡事件，具体原因包括陨石撞击、火山活动、气候变化等多种因素的综合作用。与此同时，它们的近亲翼龙和海洋中的“亲戚”鱼龙、蛇颈龙也受到了影响，纷纷消失。恐龙时代走向终结。

庞大的恐龙家族

恐龙家族是中生代地球上的“旺族”，目前已发现的恐龙已超800种，它们大多生活在陆地上。在空中和水中，还生活有与恐龙共存的独立类群，如翼龙和鱼龙。

其实，生活在海洋和空中的“恐龙”并不是真正的恐龙，它们只是与我们恐龙有着相似的生态位。

上龙

上龙是史前海洋中的顶级掠食者，以其凶恶和强大的猎食能力而闻名，许多海洋生物都生活于它的威胁之下。

不同种类的恐龙是怎么进化的

恐龙在演化过程中展现出了多样的食性，早期恐龙中既有肉食性的，也有植食性或杂食性的。随着环境的不断变化，恐龙的种类越来越多，恐龙家族也越来越繁盛。

❶ 像霸王龙一样的食肉恐龙长得五大三粗，凶猛强悍。

❸ 食草恐龙中，有的吃高大树木的叶子，有的吃低矮的植物，它们通过演化，逐渐适应了不同的食物来源，形成了大大小小、形态各异的恐龙。

❷ 一些如重爪龙的食肉恐龙，它们的前肢长着像匕首一样的利爪，在水中用可怕的利爪捕食鳄鱼和鱼。

❹ 为了不被食肉恐龙吃掉，一些食草恐龙发展出了独特的防御和逃生手段。

大个子腕龙一看见食肉恐龙就会钻进水里。

甲龙长出厚厚的“铠甲”保护自己，尾巴上也长出了自卫武器——尾锤。

蜀龙的尾巴长着一个“大铁锤”，可以用来击退敌人或保持平衡。

恐龙化石是怎么形成的

恐龙死去后，在一定条件下会变为化石。

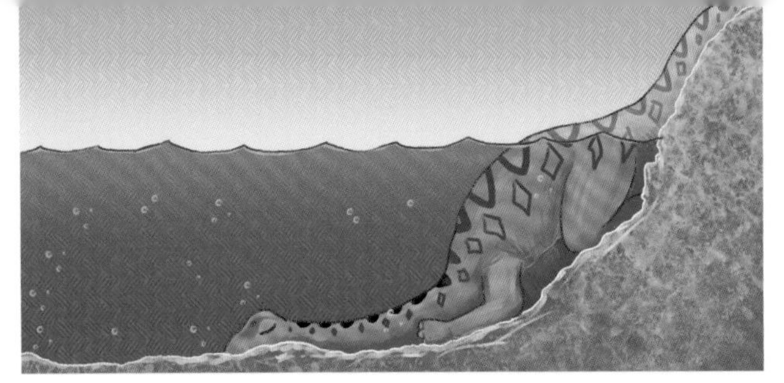

❶ 一只死去的恐龙浸在湖水中，恰好被沉积物（如泥沙）覆盖，并慢慢沉入湖底，身体中的软组织开始分解，而硬骨部分逐渐暴露出来。

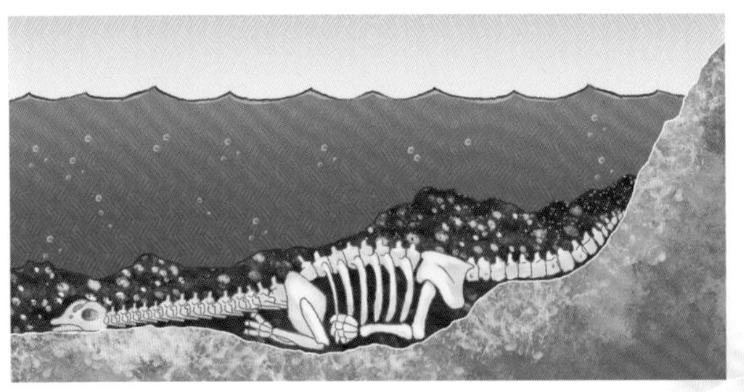

❷ 随着湖水的逐渐干涸，大量的泥土、沙子和碎屑物不断积累，将恐龙遗骸掩埋得更深，并把恐龙的骨骼压实。

❸ 恐龙骨骼和周围岩石中的矿物质发生反应，骨骼逐渐石化。

❹ 过了漫长的岁月，由于地壳运动导致地层的上升和长期的风化作用，恐龙化石逐渐暴露，最终被人们发现。

❺ 有的恐龙死后，其肉体被食肉恐龙或其他生物吃掉，骨头虽不易腐烂，但如果没得到适当的埋藏和保存条件，可能会受到生物分解、化学分解或物理破坏的影响，最终无法保存为化石。

化石里的秘密

化石，就是存留在岩层中的古生物遗体、遗物或生活痕迹。通过研究化石，人们可以了解古生物的形态、生活习性和生存环境。

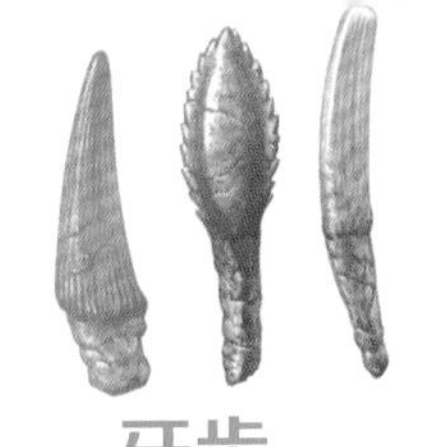

牙齿

了解恐龙吃什么。

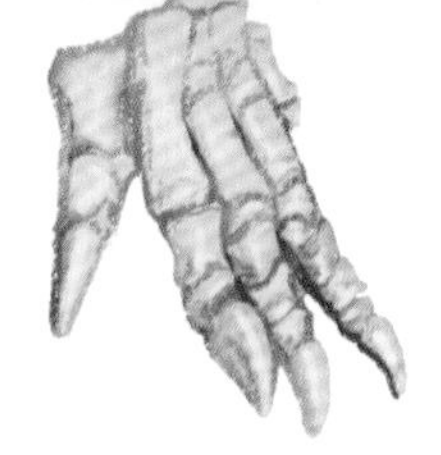

脚趾

推测恐龙的四肢。

恐龙蛋

数量非常多，可以了解恐龙的孵化方式。

骨头

恐龙骨架化石描绘出恐龙的身体结构。

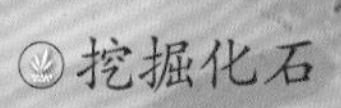

挖掘化石

粪便

知道恐龙死亡前吃了什么。

角和棘刺

了解恐龙的体表特征。

化石组装

恐龙化石被发现后，需要经过细致的处理和复原，这样就可以据此推测恐龙的样貌了。

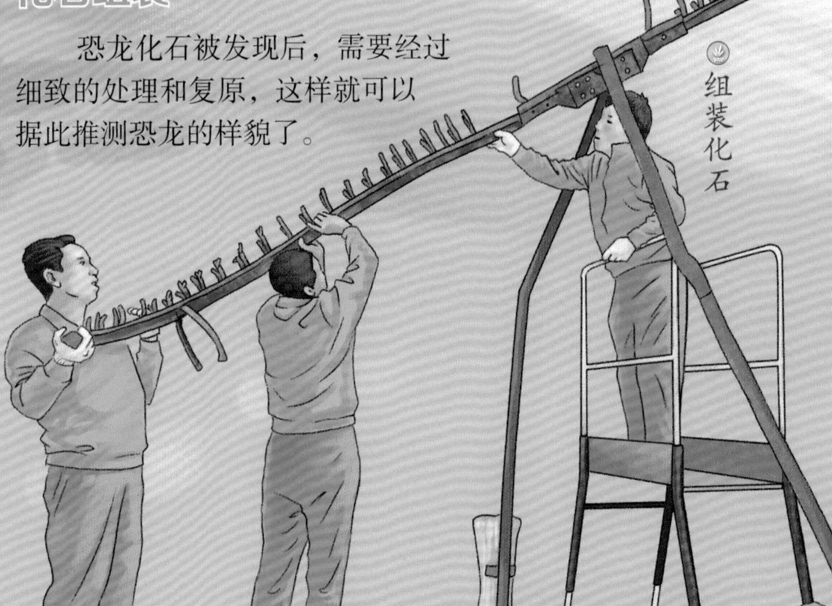

组装化石

谁第一个发现了恐龙化石

1822年3月，英国南部刘易斯镇的曼特尔夫妇首次发现了被识别为恐龙化石的颌骨碎片，随后被确认属于禽龙。

曼特尔夫妇

恐龙的食物

恐龙根据食性不同，分为食草恐龙和食肉恐龙，以及介于两者之间的杂食恐龙。

食草恐龙

食草恐龙主要以低矮的灌木、蕨类植物、银杏树等为食。它们为了减少彼此的竞争，分别进食不同种类的植物。

腕龙体型高大，可以吃很高的树上的叶子。

三角龙主要吃长得较矮的树木的叶子。

原角龙体型较小，平时吃地上的植被和长得低矮的小树的树叶。

梁龙有长长的脖子和尾巴，可以轻松吃到比自己高的树上的叶子。

食肉恐龙

大型食肉恐龙捕食食草恐龙，小型食肉恐龙主要捕食昆虫、乌龟、鳄鱼、蜥蜴和小的哺乳动物。

暴龙常常独自捕食食草恐龙。它们捕食一次，就可以休息好几天。

细颚龙体型较小，主要捕食蜥蜴、昆虫。

角鼻龙常常几只聚在一起，攻击捕食比自己体型小的恐龙。

腔骨龙为了争夺食物，会自相残杀。

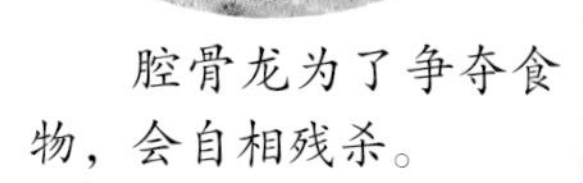

群居生活

食草恐龙有时会聚在一起生活，这样它们可以互相警告，防范大型食肉恐龙的攻击。而食肉恐龙通常单独或成小群行动，以便捕猎。

长颈恐龙

梁龙等长颈恐龙会迁徙数百千米去寻找新的食物。当它们从一处迁徙到另一处时，会让年幼的小恐龙走在中间，体型大的成年恐龙在旁边保护。

三角龙

三角龙在遇到攻击时，会将年老和幼小的三角龙围在中间，形成一个圆形的防御阵势。

为什么食草恐龙的身躯更庞大

在恐龙家族中，食草恐龙占据了重要的位置。它们身躯庞大，脖子和尾巴都很长，粗壮的四肢支撑着巨大的身躯，代表者有梁龙、腕龙等。

繁殖方式

在演化过程中，尽管许多食草恐龙的体型远大于多数哺乳动物，但它们的繁殖模式并不完全遵循“体型越大，后代越少”的普遍规律。恐龙的繁殖策略多样，某些大型食草恐龙可能会产下数量相对较多的蛋来保障种群延续。

身体结构

一些食草恐龙拥有小小的脑袋，这使它们的脊椎承受的重力较小，其颈椎结构能够支撑起更长的脖子，进一步扩大了觅食范围。同时，它们四肢粗壮，能够支撑起庞大的体重。

高效呼吸系统

某些大型恐龙可能拥有类似现代鸟类的高效呼吸系统。它们吸气时，空气会充满整个肺部的肺泡，同时，新鲜的空气会不停地在体内流动，保障其能更有效地进行气体交换。

新陈代谢

用显微镜观察一些恐龙的骨骼，会发现上面有像树木年轮一样的生长线，能反映恐龙的生长速度和代谢活动。新陈代谢快可能有助于恐龙快速生长。

最早发现的恐龙——禽龙

禽龙

禽龙是一种大型鸟脚类食草恐龙。

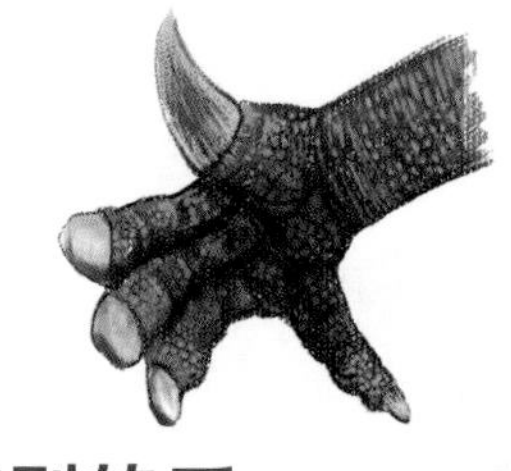

特别的爪

禽龙的前肢有5个趾（手指），其中拇指演化成了一种尖锐的钉状物，其余4个指头用于支撑行走和抓握。

珍贵的脚印

1960年8月3日，一支古生物考察队发现了13个巨大的禽龙脚印，每个脚印长60～75厘米，并清清楚楚地有3个趾印。

1822年3月，曼特尔夫妇在英国一个小镇首次发现了禽龙化石，这也是早期重要且著名的恐龙化石发现之一。

站立不倒的板龙

板龙是生活在侏罗纪早期的食草恐龙，虽然身长只有6~8米，但在当时的恐龙界已经算是“巨人”了。

站立不倒的奥秘

在欧洲发现了几十具板龙骨架化石，奇怪的是，这些化石大部分“直立”在岩层中。古生物学家分析后认为，这些板龙可能陷入了泥潭中，无法逃出，最终被淹死，成了古老的“直立”化石。

眼睛

板龙的眼睛朝向两侧，视野范围更加广阔。

灵活的脚趾

板龙的脚趾主要用于支撑身体和行走。在行走时，它的脚趾平放在地上，提供稳定的支撑。

阿根廷龙是一个“巨无霸”

“恐龙蛋”路

在发现阿根廷恐龙化石的地方，古生物学家还发现了几千枚恐龙蛋化石，每枚都有柚子那么大。

阿根廷龙虽然以植物为食，但体长可以达到45米，高可以达到15米，体重可以达到90吨，真是个“巨无霸”啊！

脖子长长的马门溪龙

马门溪龙生活在侏罗纪晚期，它长长的脖颈相当于身体的一半长，因此马门溪龙也成为世界上脖子最长的恐龙之一。

第一次发现

1952年，在我国四川省宜宾地区第一次发现了马门溪龙的化石。

闻名世界的脖子

马门溪龙的脖子闻名世界，它由19块颈椎骨组成，其中最长的颈椎骨长约2米，它们相互叠压在一起，构成了一个独特的生理结构。

关于马门溪龙的交配行为，有一种推测认为，雄马门溪龙可能会用又细又长的尾巴互相抽打，取胜的一方最终取得交配权。

地震龙真的会引起地震吗

地震龙生活在侏罗纪晚期的北美洲。一头成年的地震龙体长可以达到50米，体重可以达到60吨。由于它们庞大的体型，走起路来常常会“地动山摇”，发出“轰隆——轰隆隆——”的声音，于是生物学家就将其命名为地震龙。所以，地震龙并不是真的会引起地震哟！

独一无二的尾巴

地震龙的尾巴又细又长，就像一根鞭子。尾巴还是地震龙的防御工具，它们常常用尾巴来赶跑敌人，有时在进食时，也会用尾巴不停地抽来抽去。

不可小瞧的“利器”

地震龙前肢内侧脚趾上有一个巨大而弯曲的利爪，这可是它们的自卫武器。科学家推测，就像人类穿的鞋子有鞋底一样，地震龙的脚掌可能长有肉垫，这样地震龙走路时就不会发出“轰隆隆”的声音，从而可以避免被其他食肉恐龙发现，免遭攻击。

超级能吃的腕龙

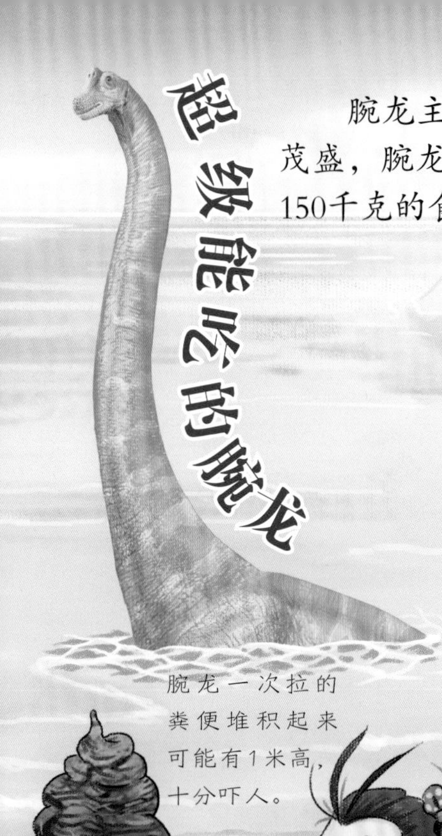

腕龙主要生活在侏罗纪晚期。当时气候温暖，植物茂盛，腕龙常常处于不停地“吃”中。大象一天大约吃150千克的食物，而腕龙一天大约能吃1500千克食物。

“水中生活”的猜想

很长一段时间，古生物学家都认为腕龙除了产蛋和转移外，几乎大部分时间都生活在水里。这是因为腕龙的鼻子位于头顶，这种构造适合水中生活和藏匿。但随着研究深入，人们发现，腕龙的脚不适合水中移动，且水下过高的压力会压迫腕龙的内脏。所以，腕龙是否在水中生活还需进一步研究。

腕龙一次拉的粪便堆积起来可能有1米高，十分吓人。

腕龙化石

在1900年，当考古学家在美国科罗拉多州西部的大峡谷发现第一副腕龙骨架时，就被其庞大的体型震惊了。腕龙是已知有完整骨架的恐龙中最高的恐龙之一。

走路像“打雷”的迷惑龙

迷惑龙（曾经被称为雷龙）体型巨大，四肢健壮，喜欢群体活动。早期研究者曾推测，当一群迷惑龙从远处走来时，会尘土飞扬、响声隆隆。

扫荡者

迷惑龙的食量惊人，当它们进入一片繁茂的树林后，往往只需要几天时间，就可以把树林变成光秃秃的“树干林”。

迷惑龙在1877年由古生物学家命名，源于当时其某些骨骼特征给研究者带来的分类上的困惑。雷龙在1879年由美国古生物学家O.C.马什命名，当时他认为这些化石代表了一个新种类，命名灵感可能源自对其庞大体型及其可能造成的地面震动的联想。

随着20世纪更多化石的发现，特别是完整的骨骼结构对比分析，科学家确认了雷龙与迷惑龙的同物异名关系。依据国际动物命名法规的优先权原则，由于“迷惑龙”名称更早，它成为了正式学名，而“雷龙”成为了非正式名称或俗称。

嘴巴宽阔的鸭嘴龙

鸭嘴龙也叫“大蜥蜴”，其嘴巴宽阔，像极了鸭子的嘴，而且头部呈鸭喙状，口鼻处还有一块坚硬的突起。

牙齿持续更新

鸭嘴龙的下颌后部有一排牙齿，专门用于磨碎树枝、树叶和种子。这些牙齿磨坏后，会不断长出新的牙齿来替换。这种牙齿持续更新的机制使得鸭嘴龙能够持续摄取食物，而不用担心牙齿磨损的问题。

青岛龙

青岛龙是我国发现的鸭嘴龙科中最著名的成员之一。与那些头顶光滑的鸭嘴龙不同，青岛龙的两眼之间有一个形状奇特的冠，长度可以达到1米，看起来就像独角兽的角。

有着长尾巴的恐龙梁龙

梁龙生活在侏罗纪晚期的北美洲，它们虽然体型巨大，但性格很温和，过着群居生活。梁龙最突出的特征是有极长的脖子和尾巴。

超级长尾巴

梁龙的尾巴由70多块骨头组成，长度可以达到令人惊讶的14米，它们体长可达约24米。

独特而有效的武器

除了平衡身体、调节体温、社交求偶外，梁龙像鞭子一样的尾巴还是它的主要的攻击武器，每一次有力的抽打都会使敌人逃跑或退缩。但有时它们也会用前肢巨大而锋利的趾爪进行自卫。

个子小小的美颌龙

美颌龙是现今已知的最小的恐龙之一，与始祖鸟有亲缘关系。这种恐龙生活在侏罗纪晚期，体长约0.7米，重约3千克，以小蜥蜴和小型哺乳动物为食。

奔跑能手

作为小型兽脚类恐龙，美颌龙体型轻盈，它们的长后腿和细长的足部结构有利于奔跑和提高速度，而较轻的体重也有助于提高奔跑速度。科学家推测，美颌龙的奔跑能力可能接近于一些现代的陆地小型掠食动物，如野狗或狐狸。

追击猎物

美颌龙身体轻盈，可以灵活移动，奔跑能力出色；而且它们感官敏锐，有良好的视觉和听觉，有助于迅速定位并追踪猎物；此外，它们可能还会采用灵活的捕食策略，因此具有高效的捕食能力。

霸王龙是恐龙世界里的霸主

霸王龙又名暴龙，是一种十分凶猛的食肉恐龙。它们生活在白垩纪晚期，体长可达12～15米，高4～6米，体重可达6～8吨，被称为“恐龙之王”。

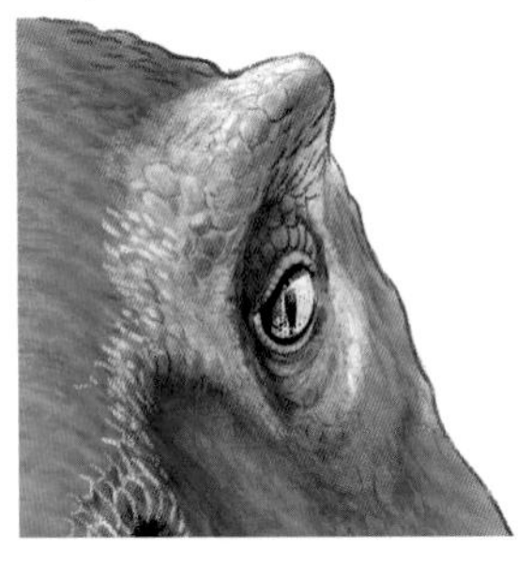

火眼金睛

霸王龙的双眼不仅很大，而且位置靠前，就像一架双筒望远镜，可以同时聚焦在一个物体上，因此看到的东西具有立体感，对距离的判断也特别精确。

牙齿

霸王龙上颌宽下颌窄，牙齿呈类似香蕉的圆锥状，适合压碎骨头，而其他绝大多数肉食恐龙的牙齿则多用于刺穿和切割。研究表明霸王龙的咬合力一般可达9万～12万牛。

霸王龙的脑袋不仅很聪明，还很厉害，常常一头便能将猎物撞得晕倒在地。

“手指”

始盗龙有5根“手指”，到霸王龙时只剩下2根“手指”了。

脊椎骨

始盗龙的腰部有3块脊椎骨支持着它，到霸王龙时脊椎骨已增加到17块。

下颚

始盗龙的下颚中间，有一个能够让下颚弯曲的活动关节，霸王龙也有这种下颚。

飞上天空的翼龙

翼龙并不是真正的恐龙，它与恐龙属于不同的分支，但有一定的亲缘关系。翼龙体长1~2米，有着发达的大眼睛，视觉敏锐，其翅膀结构精巧，提供了出色的飞行与平衡能力。

翼龙的进化

翼龙目下有两个主要的亚目。一个亚目是早期的喙嘴龙亚目，主要生活在侏罗纪，有一条很长的尾巴，以鱼为食；另一个亚目是晚期的翼手龙亚目，主要生活在白垩纪，尾巴较短或已经退化，主要以昆虫为食。

牙齿最多的翼龙

南翼龙可能是已知牙齿最多的翼龙之一，它的嘴巴里足足有上千颗牙齿。

身披铠甲的战士——甲龙

甲龙生存于白垩纪晚期，被称为会“呼吸”的“坦克”。这是因为它们从颈部到尾部，全部覆盖着一层厚厚的甲骨，上面还长着一排排尖刺，就像士兵们穿着的铠甲。

攻击锤

甲龙尾巴的“重锤”其实是由几块甲板与最末几节脊椎骨组合而成，看起来就像一把坚硬的锤子。

食物

甲龙在剑龙灭绝以后才大量地出现，为了维持生存，它们吃大量的低矮植物。

食肉恐龙是怎样捕猎的

食肉恐龙除了吃死去的动物，更主要的是主动出击、抓捕猎物，于是它们进化出了许多“武器”，让食草动物们闻风丧胆。

群体围攻

恐爪龙是一种体型较小的食肉动物，它们常常成群出动，相互配合捕食猎物。

牙齿

重爪龙的牙齿和鳄鱼的牙齿一样锋利，在脚指甲的配合下，它们非常善于捕鱼。

敏锐的视觉

某些夜间活动的恐龙（如某些阿贝力龙科成员）有一双巨大的眼睛，可以在黑夜里看清周围的东西，它们会在夜里捕食蜥蜴和小的哺乳动物。

下颚

异特龙用强壮的下颚咬住猎物的脖子，猛烈地摇晃，直到猎物死亡。

脚指甲

伶盗龙常常用钩子般锋利的脚指甲攻击猎物。

奔跑

嗜鸟龙体型轻盈，奔跑迅速，以蜥蜴、小昆虫及小型哺乳动物为食。

尾巴

霸王龙会用结实的尾巴抽打猎物。

庞大的身体

鲨齿龙体型庞大，成年个体体长可达12～13米，体重约6吨，是当时地球上最大的陆地食肉动物之一。

可怕的爪子

伶盗龙等驰龙科成员脚上的第2趾呈钩形，这是一件致命的武器。当它们扑向猎物时，这只爪子可以转动到最佳角度抓住猎物。

食草恐龙的防御武器和逃生法

面对食肉恐龙的袭击，食草恐龙也演化出了各自的防御策略和“装备”，比如厚厚的鳞甲、尾部的“重锤”、额头上的角等，可以吓退或赶走食肉恐龙，保护自己。

棘刺

青甲龙的背部长满骨质鳞甲，身体两侧长满棘刺。如果遇到进攻，它们常常会趴在地上，用满身的刺对付敌人。

鼻角与头盾

戟龙有大型鼻角与头盾，一旦碰到想捕食它们的大型食肉恐龙，夸张的头盾和尖角常常会吓退一部分敌人。

剑板

剑龙的背部有两排剑板，常常使扑上来的食肉恐龙负伤逃跑。

尖刺

钉状龙的背部后方与尾巴处通常有6对尖刺，每根尖刺长约30厘米，可以很好地保护它们免受攻击。

有一些恐龙既没有棘刺，也没有尾锤，更没有硕大的角。一旦遇到危险，它们只好赶紧藏起来或者逃跑。

腕龙

别看腕龙个子很高，其实它们的胆子非常小，只要食肉恐龙一来，它们就会纷纷跑进水里，以最快的速度游到深水处，只露出头顶上的鼻孔，从而躲过敌人的追杀。

肿头龙

肿头龙虽然有厚厚的头部，但并不能直接抵抗掠食者的袭击。它们凭借敏锐的嗅觉和视觉，一旦发现敌人会选择立即逃跑。

尾锤

蜀龙粗大的尾巴末端的骨质尾锤呈椭圆状，大小如一个足球，这是它独特的防身武器。只要狠狠地挥动一下，那些大型的食肉恐龙就会望风而逃。

棱齿龙

棱齿龙很胆小。它们几乎无时无刻不在紧张地左顾右盼，盯着四周的风吹草动，一旦遇到可怕的食肉恐龙，它们能像羚羊一样躲闪和迂回奔跑。

头上长角的恐龙

在白垩纪时期，生活着一群长着各种形状的头部装饰的恐龙，它们大多数是食草恐龙。每当遇到强大的食肉恐龙时，它们就会用这些独特的头部装饰来威吓和抵御对方，保护自己。

小型角龙

在角龙家族中，存在着一些“矮个子”的成员，我们通常将它们称为“小型角龙”。这些恐龙体态轻巧，后肢健壮，可以快速奔跑。它们的角相对较小，但仍可以有效地进行威吓和自我保护。

戟龙

在角龙中，戟龙的防御武器非常有效。它们的鼻端长着一根60厘米长的角，头盾周围还长着一圈刺突，这些可以更好地防御敌人，进行攻击。

尖角龙

尖角龙笨重而强健，它们鼻部顶端有一个巨大的角，头盾较短，四周有牙齿状的边缘。

三角龙

三角龙因为眼睛上方长着一对长约1米的大角，鼻子上面还长着一个小角，所以人们把这种恐龙叫作三角龙。

奔跑迅速的恐龙

在恐龙家族，有不少行动敏捷、擅长奔跑或跳跃的恐龙。

犹他盗龙

犹他盗龙和恐爪龙很像，但体格是恐爪龙的2倍。犹他盗龙的后腿非常健壮，不仅可以快速奔跑，还可以跳跃着前进。

巴克龙

巴克龙用四条腿行走，遇到危险时可以快速奔跑。

美颌龙

身形娇小的美颌龙被认为是非常敏捷的恐龙。科学家推测它们奔跑时可能达到相当高的速度，在恐龙世界中属于移动迅速的类型。

皮肤与伪装

关于恐龙的皮肤是什么颜色，没有任何证据保留下来，现在的科学家们认为，恐龙家族种类繁多，肤色可能是多样的，可能色彩缤纷，也可能是单一色调。

恐龙变色的秘密

据生物学家研究，一些食草恐龙具有“变色”本领。它们除了通过表皮的色素细胞进行变色外，还会通过血流量的变化改变肤色。

似棘龙——似棘龙虽然体长可达10米，但还是霸王龙的猎食目标，于是，它们常常把身体变成绿色或褐色，躲藏起来。

恐龙的皮肤

食肉恐龙——皮肤粗糙，有一排排凸出体表的角质大鳞片。

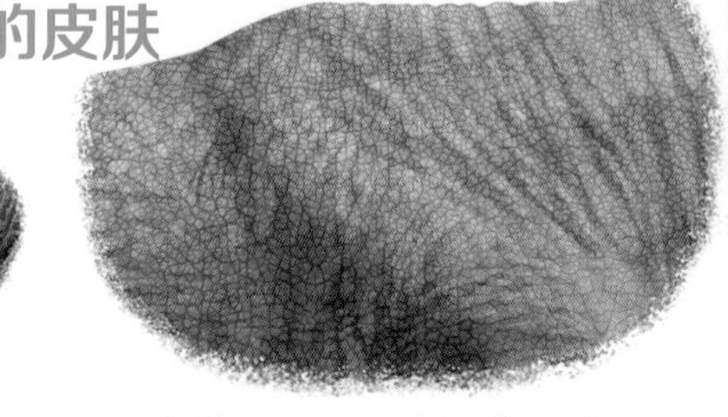

食草恐龙——身体表面有一层近于平坦的角质小鳞片。

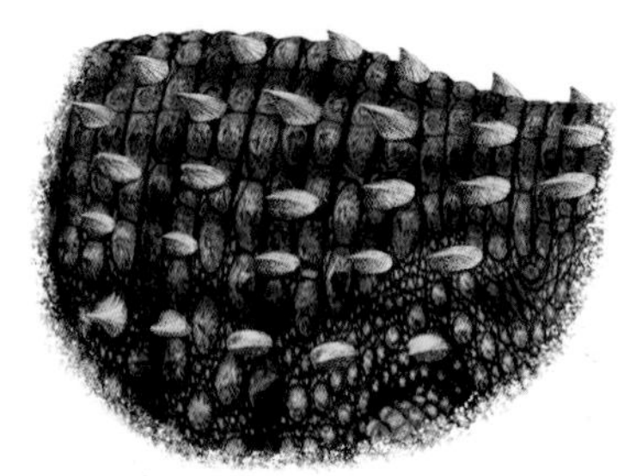

甲龙类恐龙——体表覆盖着甲板、骨钉和骨刺。

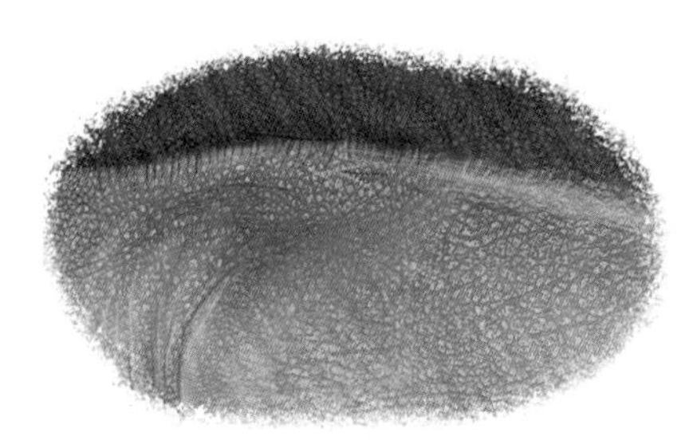

角龙类恐龙——表皮有瘤状突起物，瘤与瘤之间覆盖着小鳞片。

剑龙——剑龙的背部长着几排骨板，血液会通过骨板和皮肤表层。它们利用骨板来调节身体的温度，当增加血液供应时，身体就会变红。

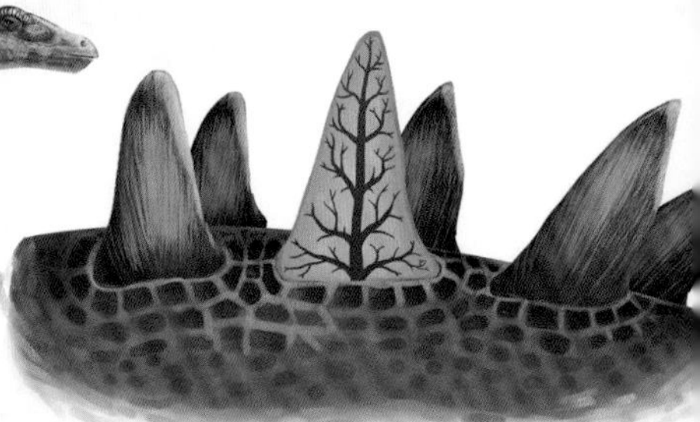

聆听恐龙的声音

动物们主要用声音来保持联系，现在，我们仔细听一听，庞大的恐龙是怎么发出声音的呢？

鼻盖声

爱德蒙吐龙的鼻盖能够充气发出鸣叫声。

肉冠

似棘龙的肉冠上有一个长长的通气管，就像一把长号，是用来发声的器官。

脚步声

梁龙喜欢结群寻找食物。当一只梁龙发现鲜嫩多汁的植物时，就会将信息传递出去，不过，这种“召唤声”并不是通过声带发出的，而是沉重有力的脚步声。

牙齿和食物

食草恐龙

不同类型的恐龙进化出了不同的口器和牙齿，以便能够更好地进食。

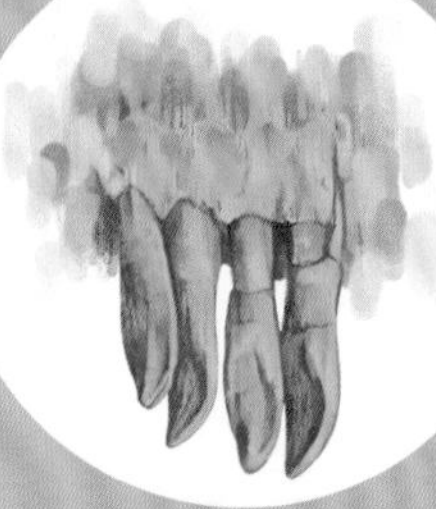

圆顶龙——圆顶龙有粗大的勺形牙齿，可以从树上撕下嫩芽和嫩叶。

埃德蒙顿龙——埃德蒙顿龙口后部有较平的牙齿，可以磨碎坚硬的松球果。

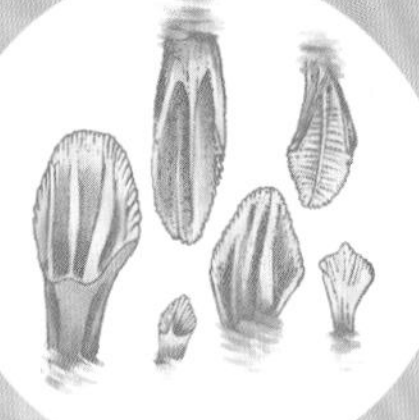

禽龙——因为禽龙的牙齿是不断替换的，所以它们能够终生以坚硬的植物为食。

三角龙——三角龙有锋利的喙和牙齿，能够切碎坚硬的蕨类植物。

食肉恐龙

食肉恐龙以猎食或食腐为生，它们有宽阔有力的颌部，颌部上还长有如匕首般锋利的牙齿。

翼龙——翼龙的牙齿非常锋利，可以刺穿和切割猎物的肉。

巨兽龙——巨兽龙每颗牙齿长达20厘米，很容易就能撕裂猎物。

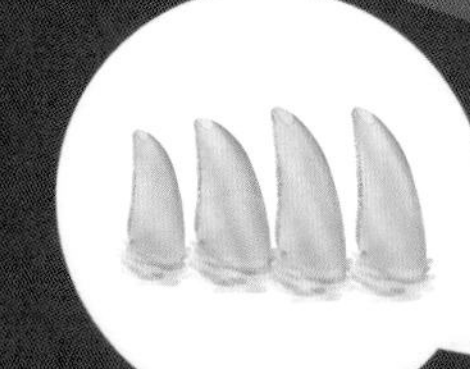

始盗龙——始盗龙的嘴巴前部的牙齿平整得像树叶，嘴巴后部的牙齿锋利得像匕首。

异齿龙

异齿龙有三种不同类型的牙齿。第一种牙齿长在上颌前端，小而尖锐，是专门用来切割植物的切齿；第二种牙齿长在嘴巴两侧，是用来咀嚼、磨碎食物的颊齿；第三种长在上颌前部，像一对大獠牙向外翘着，用来当作武器和吸引异性。

健胃消食片——胃石

从许多挖掘出的食草恐龙化石中发现，它们的肚子里有很多石头，大的像拳头，小的像鸡蛋。石头是许多食草恐龙的“健胃消食片”。

地震龙

古生物学家在美国新墨西哥州侏罗纪地层中挖出一只地震龙的化石，它的肋骨间竟然有230颗胃石，是迄今发现胃石最多的恐龙化石。

板龙

板龙是一个大胃王，它不管三七二十一，将食物整个吞进肚子。接着，它们再吞下各种石头，让石头像一台碾磨机那样滚动碾磨，直到把食物碾碎成糊状。

蛇颈龙

蛇颈龙经常在海底觅食蛤蜊、螃蟹等带有甲壳的动物，它们也会通过吃石头来促进消化。

在地球上仍然有多动物靠吃石来促进消化，当我们鸡吞食的一些小沙砾。

我们鳄鱼吃石头是家常便饭。

恐龙会不会冬眠呢

现代爬行动物，如蜥蜴、蛇等，在寒冷的冬季到来时都会停止活动，纷纷钻入地下进入冬眠期。那么，恐龙是否也需要冬眠呢？

冬天来了，又可以睡一个冬天了，太爽啦！

蜥蜴

朋友们，开春再见吧！

蛇群

虽然我们恐龙家族和蜥蜴、蛇属于同一类动物——爬行动物，但我们大部分都不冬眠。当时的地球比现在暖和，所以不用担心我们在冬天会冻着。

许多爬行动物都是冷血动物，那么，恐龙也是冷血动物吗？

在恐龙家族中，有的体温会随着环境的变化而变化，有的体温会保持不变。

冷血动物

有的动物体温会随气温变化，属于冷血动物。

恒温动物

有的动物体温基本不变，它们属于恒温动物。

千奇百怪的求偶花招

装饰品

雄蜥嵴龙在求偶时，会用明亮的颜色来装饰鼻子部分鼓起的口袋，吸引雌蜥嵴龙。

献殷勤

霸王龙虽然脾气暴躁，但在求偶时却十分绅士、温柔。雄霸王龙常常会抓一只三角龙来博得雌霸王龙的欢心。

恐龙体型庞大，看起来非常笨重、愚钝，不过，在求偶的季节，许多恐龙都表现得非常聪明，还很勇敢，实在令人吃惊！

正面决斗

雄肿头龙在抢夺雌肿头龙时，会像山羊一样，顶着彼此的头部进行决斗。

呼唤声

雄副栉龙在寻找配偶时，会用它那长长的肉冠发出声音，呼唤雌副栉龙。

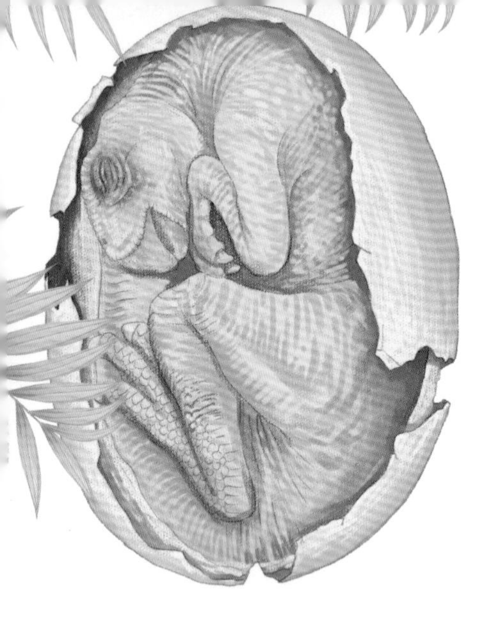

恐龙蛋

大多数恐龙可能通过孵蛋的方式繁殖后代。恐龙蛋形状多种多样，有圆的、扁的、长方形的、圆柱形的、橄榄形的等，蛋壳非常坚硬。

认识恐龙蛋

恐龙蛋和鸟蛋类似，里面有蛋黄和胚胎。胚胎被一层薄薄的膜包裹着，吸收蛋黄里的营养，在蛋中慢慢地长大，直到孵化为小恐龙破壳而出。

大家都认识我吧，我是鸡蛋，长约6厘米。

别以为恐龙很高大，下的蛋也会很大，瞧，其实我们并没有大得很夸张。

各种各样的恐龙蛋化石

圆形、长方形、圆柱形、橄榄形……

不同时期的恐龙蛋化石

白垩纪时期的恐龙蛋化石，蛋壳上有粗糙的条纹和小疙瘩。

三叠纪和侏罗纪时期的恐龙蛋化石，蛋壳比较光滑。

不同的产卵方式

迈阿龙把蛋下在土坑中，用沙土或植物掩埋起来。

伤齿龙可能会选择一个湿度适宜、沙质且有一定隐蔽性的地面作为产卵地点。在这样的地点，雌伤齿龙会小心翼翼地挖掘出一个窝巢，然后将蛋产入其中。

好妈妈慈母龙

慈母龙被推测可能是非常关爱幼崽的恐龙种类。科学家们推测它们可能展现了类似“好妈妈”的行为，如认真细心地照顾自己的宝宝。

❶ 慈母龙爸爸和慈母龙妈妈把土堆积起来，做成一个直径约2米的大坑，在里面铺上树叶和柔软的植物。

❷ 慈母龙妈妈把蛋产在坑里。

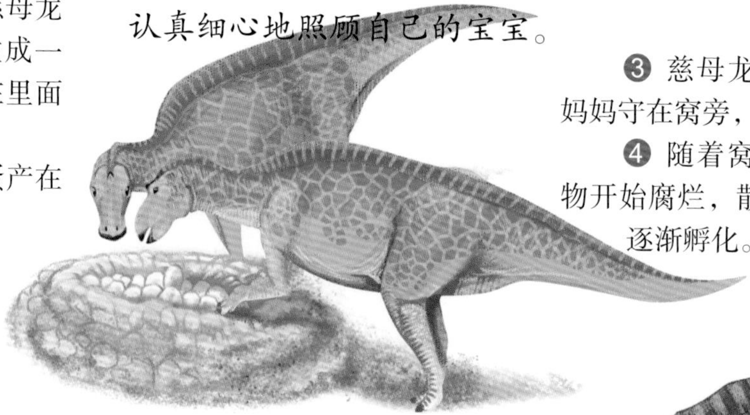

❸ 慈母龙爸爸和慈母龙妈妈守在窝旁，寸步不离。

❹ 随着窝里的树叶和植物开始腐烂，散发的热量使蛋逐渐孵化。

❺ 刚孵出来的小慈母龙，无法站起来。慈母龙爸爸和慈母龙妈妈将坚硬的植物、水果或种子嚼碎，再小心地喂给宝宝。

❻ 一群小慈母龙每天能吃掉几百斤鲜嫩的植物，慈母龙需要不辞劳苦地到处寻找食物，直到孩子长大。

有些恐龙产下蛋后就会离开，于是没有父母呵护的恐龙蛋和小恐龙就成了食肉恐龙的美食。

成年雄性肿头龙也许像现在的山羊那样，会用头顶来顶去进行较量。最终，胜利者可以在群体中拥有较高地位，成为族群首领。

争当首领的决斗

小型食肉恐龙和食草恐龙常常聚集在一起，这时就需要有一位首领来领导大家，寻找食物和迁徙。

角鼻龙在和同类的搏斗中，除了用头拼命地撞对方外，它们还会不时发出一声声嚎叫，让对手心惊胆寒。

雄戟龙之间打架一般不会用尖刺去刺伤自己的同类，而是彼此把颈盾的尖角卡在一起，互相推来推去，谁顶得远，就表示谁的力气大。

雄剑龙在决斗前比较绅士，它们会用骨板来调高或调低体温。当血液供应增加时，身体就会“羞得通红”，这是雄剑龙在准备攻击前发出的“警告”。

生活在海洋中的“冒牌恐龙”

海洋中的“恐龙”并不是真正意义上的恐龙，它们只是与恐龙有一定的亲缘关系。

长头龙

长头龙凭借巨大的头颅和锋利的长牙，成为当之无愧的海洋杀手，长头龙游动时，四个桨状鳍用来控制方向和保持身体平衡，尾巴则左右摇摆，从而推动身体前行。

幻龙

幻龙头小身子长，依靠长长的脖子和尾巴的摆动来游泳，用蹼来控制方向。

鱼龙

鱼龙皮肤光滑，没有鳞，腿进化为鳍。游动时，前鳍负责保持身体平衡和把握方向，垂直的尾鳍左右移动，从而快速前进。

蛇颈龙

蛇颈龙有一条长长的脖子，这使得它们看起来就像一条蛇穿过了乌龟壳。

恐龙大灭绝

中生代是恐龙最繁盛的时期，可当中生代结束时，恐龙竟然全部灭亡。这是为什么呢？

有人认为，是由于超新星的爆炸和强烈的宇宙射线导致了恐龙的灭绝。

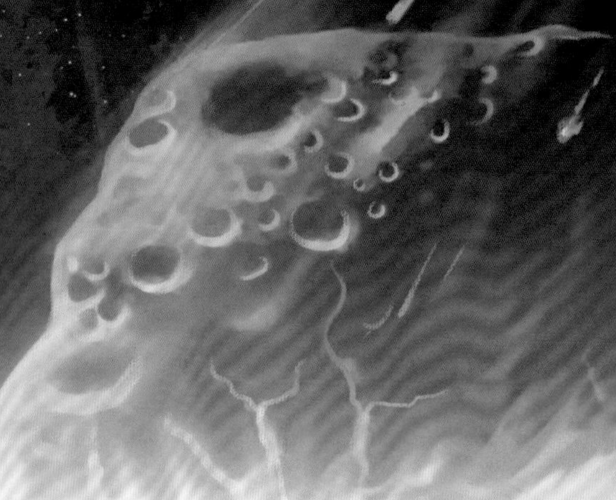

陨石撞击

有人认为，在白垩纪晚期，有一颗巨大陨石撞击了地球。陨石撞击地球后产生的尘土覆盖了整个地球，遮挡了阳光，导致气温急剧下降，植物逐渐枯萎，于是食草恐龙被饿死，接着食肉恐龙也跟着饿死了。

地壳运动

还有人认为，随着地壳运动，海平面下降，陆地面积越来越大，气候也变得干旱，植物锐减，恐龙无法找到充足的食物，就慢慢饿死了。

虽然各种假说都有一定的道理，但仍然不能合理地解释恐龙为什么灭绝。